高懷德　著／繪

U0068169

穿越時光的
詩畫世界

詩以言情，畫以寫意

／法國巴黎大學　范克力教授

　　詩以言情，畫以寫意，水乳交融則情深而意濃葉盛枝茂花開並蒂。今以懷德兄詩畫觀之，誠哉斯言，信不我欺也，弟克力於巴黎。

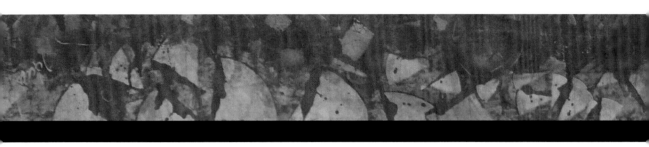

水乳交融
1990年
HK-500
40×60公分

懷德兄畫展感言

／中國美術協會理事長　劉平衡

懷德兄先我兩年到達巴黎，1968那年巴黎美極了！當時不像現今的人口那麼擁擠，外國移民及遊客也沒有現在那麼多。學生以拉丁區為中心，那裡包括大學校本部、圖書館、各種新舊書店、咖啡館、大學生食堂等等……，因此我們都以此為中心，打發日常生活用度及各項求知活動！

法國對藝術、文化及教育賦予極高的財政支出，學生從幼稚園讀到小學、初中、高中、大學一律都免學費，而餐飲費補助更是值得我們殷鑑效法的！外國留學生也一樣獲益，使我們能在漫長的留法期間，能夠安心地求知和學習，同時也領略到正常的巴黎悠閒生活，而不必憂患居留時間或倉促行事！

離拉丁區不遠，安步當車漫遊之處又有羅浮宮、現代美術館、大小皇宮、美術館及私人畫廊，在這裡你可以看見整個美術史的發展。也可以到吉美美術館見到東方美術品的展品！

懷德兄就在這藝術殿堂──美麗的花都巴黎，縱身投入其浩瀚藝海之涯，追求新知並兼習繪畫，這美好環境中浸淫了四十載歲月，真不是「普通的幸運」啊！

懷德兄於1973年獲得碩士學位，1979年獲得哲學博士，並將一家人都移民到巴黎，一切安排妥當之後，他更全力以赴，開始寫作並抽出時間從事繪畫創作。

　　懷德兄於2011年10月間，返臺舉辦畫展，主題是：「讓臺灣夢想起飛」，強調是「原創」。我與幾位好友持地去新北市鶯歌參觀他的作品，看到他的大作充滿哲學的反諷，張張具象抽離回到起初的童稚心，有葉子作畫、有頭髮留白、有油墨水彩混合、有巨細靡遺的鉤勒，都令大家大開眼界而讚賞不己！

　　懷德的畫是他思想的表現，是他意念的表達，是他感覺的浮現。能夠表達其自身感情者，才是真正的藝術家！不虛偽，不做作，內心一動就在筆下呈現，這與一般只求能「賣」的畫家大不相同！

　　懷德兄的感情是多樣的，有哲學家對生命的剖析，有詩人對情愛的抒情，有社會道德家的呼喚，有對家庭和親人的熱愛，有對家鄉故人的思念，這些原創主題也會時而浮現於畫面中！

　　懷德兄善用色彩、筆法與造型，將豐富的人生閱歷表達於畫面上，又以半抽象的形式，明明白白傳達了情懷！

　　懷德兄是文革後期兩岸極少數留法成功的博士，因此：其哲學與藝術在當代時空背景中，自有其獨當一面極為重要的里程碑份量與歷史意義！與其他畫家相比，他更特別之處，他都附上自己的詩意，並由趙曼與德勝譯成中文，來幫助及加深對作品的印象，更可見這位哲學博士的多才多藝。

藝海無涯任遨遊

／旅法作家、藝評家　趙曼

　　認識高懷德博士是在1991年的巴黎初夏，他「率領」大批人馬，包括著名旅美大畫家匡仲英，電視名製作人黃孝石等等，我也把「鄰居」好友大畫家范曾和楠莉拉來，在無拘無束的巴黎天空下，所有人都在聊天，題詩，集體創作繪畫，泡茶、喝咖啡、暢飲紅酒，彈奏古典鋼琴，聲樂家引亢高歌，誰家吹笛畫樓中？

　　我當時年少粗淺，對高懷德博士印象很「淡」，他不像其他人能言善道，只覺此人仙風道骨，言談一如其畫作般，理性中發揮感性，又參酌些哲學思想，且不受傳統學院派束縛，油畫和水墨、彩墨畫均在具象中帶半抽象！

　　高大哥是少見的「幸福藝術家」，因他幸運，多年來背後有個無怨無悔、默默支持他的賢內助世亭姐！使他在社會意識間創作出脫胎換骨的成果！形色經營、點線構成後，猛然回首那八十年風雨若浮光，思緒千糾萬纏，經驗和記憶更與時光角力下，寒徹骨後的梅花，始得撲鼻香也！高大哥成功地在巴黎富豪區16區的骨董畫廊舉辦畫展，有法國偉大的藝評家為他寫藝術評論，許多收藏家買了他的畫作，而那些生命中刻骨銘心的悲欣交集、枯榮並現，此時己化作令人嘆為觀止的不朽絕畫，好的創意就僅此一件，真是東、西方藝術繪畫交集中最深刻、也最意味深長的經典範作啊！

　　「生命的流動」畫作中，道盡人世滄桑，而形神具足又生機勃勃，可放大為巨碑，如撼大山般的氣魄，挑戰自已

局限的大畫，亦可切割、整形為精巧的桌邊小畫欣賞！

「物換星移」中，指出人類被物化，以電腦虛擬的各式各樣偽裝品，虛飾物來衡量一個人的價值，忘卻眾生本心上平等，祇要見到畫中有臉無嘴，皆代表「無言的抗議」！在「世相」中，述說一部現代化世說新語，對文化反思，亦隱喻回歸東方尋根的深切味道於其中！靜態的說教均取材自現實生活場景！

而存在主義「我思故我在」，探索人的存在問題，人在社會大主流中，如何定位自己，表現手法直接大膽，一如巴黎人對社會感言毫無遮掩直接書於畫上，非常具有震撼力！在重疊的誇張綠色臉部，彼此擠壓，無法逃脫永久似夢如幻的節奏記憶裡，「靈與肉」代表生命無盡的扭曲、掙扎，刺激感官色香味才能有意識活下去！

藝海無涯，筆情墨韻，隨心所欲，推陳出新，高懷德博士就在巴黎這「藝術家搖籃」浸潤，攀登上高峰，仍努力不懈追求真、善、美 ，將水墨、彩墨畫出輕透靈動，將油畫的蒼莽厚重鉤繪出「穿越時空的浪漫詩畫世界」，完美開闊而意境深遠！

旅法高懷德博士畫展

／世界詩人大會主席暨美國世界藝術文化學院院長　楊允達

　　高齡八十三歲旅法高懷德博士，於今（2011）年10月29日至11月27日，在新北市鶯歌展出「個人原創藝術畫展」。二十四幅作品，包括油畫、水墨水彩畫，專程由法國運回，新創作的主題是「讓臺灣夢想起飛」，受到臺灣藝文界的重視和歡迎。

　　誠如旅法作家趙曼所說：「高懷德博士的作品是在心靈反思中掙扎，在社會意識間創作出脫胎換骨的成果！他的畫作刻骨銘心，悲欣交集，枯榮並現。」

／陳嘉林

高懷德師 三思菊作

高瞻遠矚靈性深
懷瑾握瑜技巧穩
德愛兼俱中西理
師古不泥出凡塵

有幸看到懷德博士自法國運回之
詩畫作品直是三生以修，其脫俗的筆觸
奔放之色彩而姿意揮洒，粗中有細但
細得豪賦，時而氣勢磅礡如達九天之感，
這樣一位啟蒙大師，難不成在修習太空
科學吧，在下則誤為是上帝靈性的寵涯。

陳嘉林
瓜如

石林 用箋

Ma mère

Les jours se laissaient charger d'illusion

Le passé détournait le dépassement

Ah ma mère ma mère

Les cheveux deviennent gris

Les traits du visage s'épaississent

Dans le miracle de la cour est l'ombre de sa vie éternelle

Elle sans cesse fait tourner son rouet

Filer filer

La vie pour elle est un grand tricot

Le tricot recouvre la vie

Le bas du ciel est chargé de nuages blancs

Elle avait l'ambition de mobiliser son rouet

Egratignait l'orage avec patience

Le calme et le silence et alentour le bruit

Comme un train il bruisse

Ecoutais la voix enrouée et le bourdonnement

Ah mère mère

Le silence est le comble d'amour de la parole

Il n'y pas de condition d'amour

De même que l'espace du temps est infini

Je vois toujours j'entends la voix enrouée le bourdonnement

我的母親

扔下來的日子

荒誕言語的更換

機械似地轉輪

但難忘啊

我的母親

我的母親

斑白髮絲

額頭粗紋

永遠印影在心底

沈靜蕭瑟的廳堂

不斷搖動您的紡車

朝向低空的白雲

用杆子劃著長絲

伴著雨天的氣息

嘎嘎

嗡嗡

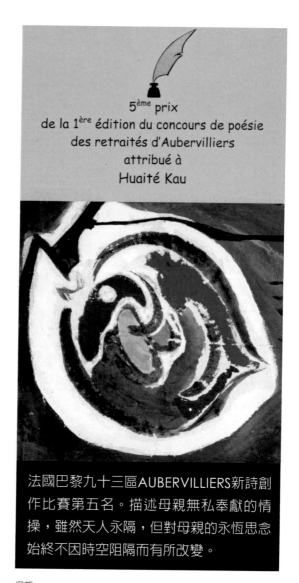

5ème prix
de la 1ère édition du concours de poésie
des retraités d'Aubervilliers
attribué à
Huaité Kau

法國巴黎九十三區AUBERVILLIERS新詩創作比賽第五名。描述母親無私奉獻的情操，雖然天人永隔，但對母親的永恆思念始終不因時空阻隔而有所改變。

母親
2000年
HK-823
130×130公分

SOMMAIRE

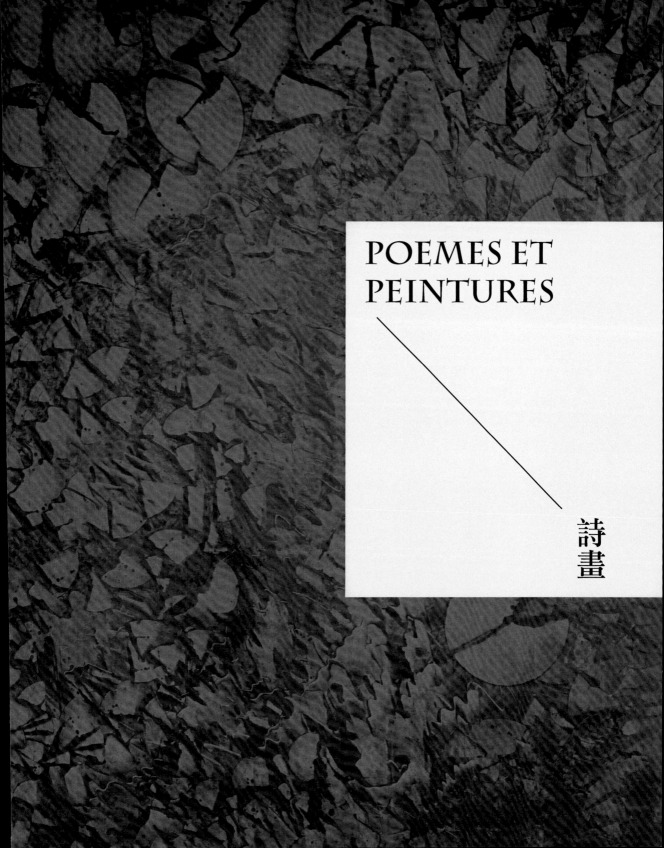

POEMES ET PEINTURES

詩畫

超人

筆與槍結為伉儷

數次艱難都攜手渡過

可是仍有那麼多仇敵

你們和從前一樣

站在岩岸等待著

另一場搏鬥

前哨

遠遠的那個人影

在狂風暴雨裡

忘記那孤單的往事

注視著

像被遺棄的幽靈

小心奕奕地在那兒探索

01.俠義
2003年
HK-4802
70×60公分

02.追夢人
1996年
HK-970
65×100公分

03.我思故我在
2001年
HK-4818
60×70公分

詩神

將我揚起

一朵雲

一片葉

墜落在人生的荊棘上

我淌血

但不能失敗

全力搏鬥

找那智慧的力量

詩神

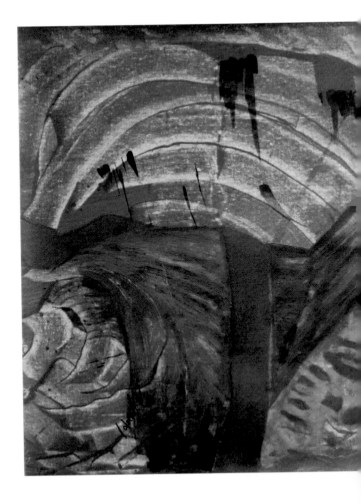

01.生命的風景
2010年
HK-4816
70×60公分

②
③
④

02.美的悸動	03.純真	04.心路
1998年	2007年	2004年
HK-604	HK-4799	HK-4797
75×100公分	70×60公分	30×90公分

心影

霞光異彩的時辰

浪濤衝去寂寞

那遠方載著情侶的長尾帆

亦流浪人

讓放蕩的海水

柔情的藍天

擴展意思

何必　愁　愁

01.異象
1991年
HK-007
75×100公分

02.鬥志
2001年
HK-549
70×100公分

03.告別追憶
1999年
HK-604
100×200公分

04.存在主義
2010年
HK-4810
60×60公分

①	
②	③
	④

01.井然有序
2004年
HK-997
200×130公分

02.洞悉
1995年
HK-4820
60×50公分

03.小三
2001年
HK-4823
60×50公分

04.灑脫
2010年
HK-433
60×50公分

05.星塵　2008年　HK-646　55×150公分

相逢

尋覓　尋覓　　　　　　　烽火狼煙的時代

天涯　海角　　　　　　　夢也似的重逢

想思　想思　　　　　　　若狂的擁抱甜吻

分離時長期的等待

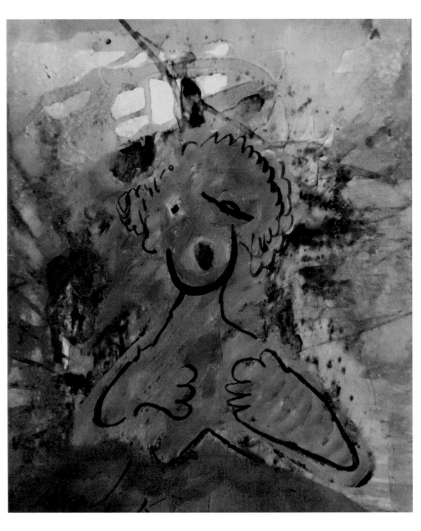

挑戰

老牛拖著破車　　　　　向罪惡挑戰

滿載人生坎坷　　　　　向世界申訴

走向崎嶇的旅程

為了深固的理智

01.巴黎美女　　02.湧現
2005年　　　　1991年
HK-4801　　　　HK-743
70×60公分　　70×100公分

無題

劫

何處來的野風

忽然吹去了我的煩惱

雖然我孤獨

但也忘卻困擾

灌溉欣慰

摔掉過去

開創未來

別被塵世遺棄

雨在傾瀉

傘下的美人

我在追你

因為你撥起了愛的青苗

飛爆山河

雨點打著你的心

潑上我的火

我呆望著春雨劫持的花朵

儘管你怨恨

我也得加緊力

作一個劫情的人

01.啓示錄
2001年
HK-616
75×65公分

02.美的駐足
1998年
HK-589
70×90公分

03.天根
2003年
HK-869
120×200公分

04.感化
2009年
HK-587
180×60公分

① ② ③ ④

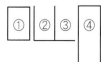

懷念

懷念的日子又輪轉而來

就在我撕下最後一頁的

日曆那天你離去

多年了罷

追憶的鎖鏈一直被牽連著

多少個初秋的印跡

下意識的牽掛

串連成的懷念

像蕩漾在湖心裡的漣漪

01.越界
2003年
HK-582
75×60公分

海

深藍的容顏

豪放的性格

和加上流浪兒的哀吟傾頌

詩人他

豪情萬丈撥動著你的神韻

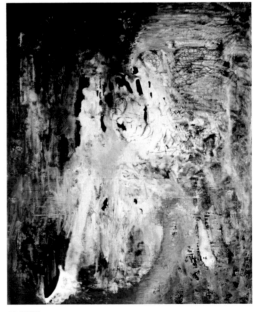

02.雄辯
2001年
HK-567
150×100公分

紙張

用巧妙情理編織的故事

形態修飾的花朵

融合成世界

搬弄著人

把愛恨搖揚

伸張無限的遠

張口　嘆

淌著詩人的血

暢流

03.物換星移
2004年
HK-4819
60×70公分

逃避

逃躥　躲避

一段折磨的路上

無其名的冒火

想

不如面對現實

是真也假難破

不如打破了洞

穿越

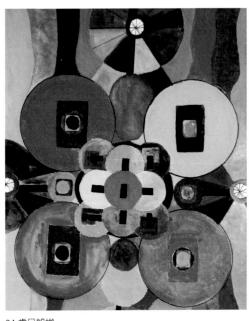

04.歲月如梭
1993年
HK-512
100×65公分

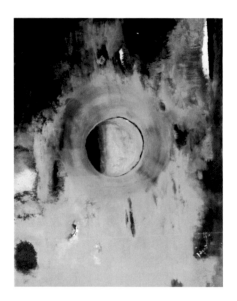

石

失眠

黑也似的白點

石的心頭張開靈魂鍊子

勾著我分辨

變成一條鏈串的上下

上連魑魅

下伴水涯

那感染加一的無

諧和著不語的情俏

月色在心湖蕩漾中

像絲綿的綢結

老人在那兒結了又解

記不得何時開始又何時終結

似銀幕裡的故事

尋找不到真實的情節

01.暗示
1997年
HK-591
75×60公分

02.靈的戰爭
1991年
HK-968
100×200公分

03.感動
2001年
HK-857
130×200公分

04.燃燒吧鬥魂
1990年
HK-664
70×60公分

海鷗

遼闊的海

無邊的天

是棲床也是藝場

看啊　那如影風濤

聽哪　那浪濤合唱

衝擊著礁石的臉

一陣狂風

使一切混亂

而唯有你　海鷗

早就展翅騰空

但請別忘記

為我捎個口信

給那對岸的母親

01.苦盡甘來
2010年
HK-4815
60×50公分

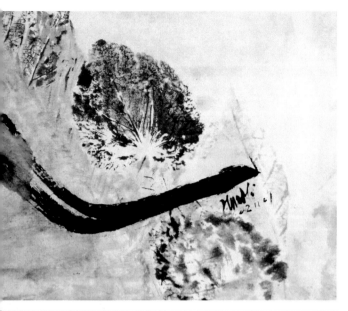

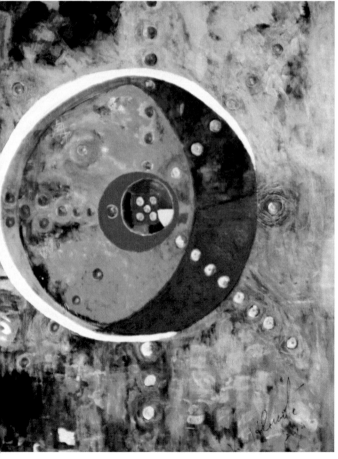

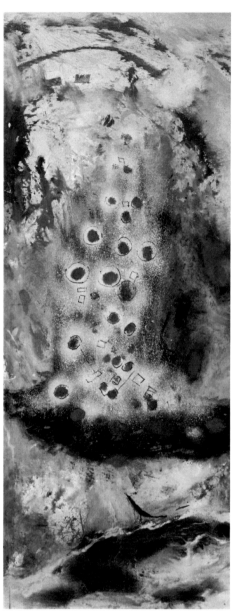

②　④
③

02.壹葉知秋	03.愛情冒泡	04.嚮往
1997年	2010年	2001年
HK-655	HK-4390	HK-781
65×60公分	200×150公分	120×70公分

POEMES ET PEINTURES ●‥ 穿越時光的詩畫世界 ‥●

33

迎妻歸於戴高樂機場

青絲白雲兒女群　　　　　道盡藍天一片好

銀慶就將待金婚　　　　　流雲海岸戀深情

世間那有冤家頭

挺胸振臂過人生

01.飛
2005年
HK-751
70×100公分

02.花鳥
2001年
HK-4303
70×50公分

03.框內框外
2002年
HK-533
70×100公分

04.竹
2003年
HK-4808
70×60公分

①
②③
④

方圓

針尖上的分秒

帶走我的年華

可是為何仍然煩擾我

不分晝夜地滴答

掛在牆上的它

像無力的老人被十二次鞭打

人心已經變了卦說「圓」比「方」好

而我卻要強調「方」

因為那是古老的規律

初春

海面一窩蜂的鷗

興高采烈地展翅

久在泥土裡的小草

在那兒探伸起頭

逃避現實的黃米花

也應和著春到人間

蜂蝶　意濃

戀人依挽著向江邊走去

讓微風吻上髮際漂沸

吹誘惑的口哨

傾聽那心神頌

充滿著希望

金城月

向太空的縫隙尋覓

霧神掩上月兒臉

星光那樣微暗

低著頭的青年

踏著崗上的基石

尋思似寄託

嚮往什麼

想那自然神律

展現出意景往事

留戀情人的音符

昂起頭高歌

這樣的月夜

這般的歌聲

浪子啊

唯有你

這時向著前方

01.美好祝福
1980年
HK-964
100×200公分

02.逆向思考
2004年
HK-946
130×200公分

03.尋道
2006年
HK-949
130×200公分

嘆

預言

希望

希望著

推開你希望的窗

讓我凝心的看

你心窗裡的薔薇

微風染意著芬芳

這時候我會偷機的送上吻

燃初時的美麗

劃去那原有的嘆息

有這麼一天

那貴官新建的大樓倒塌了

幾個血泊裡的大人物

在那兒痛苦的慘叫

白眼兒翻著黑瞳孔

威風的樣子消失而換來了慘狀

迷惑的像期待什麼

最後流出他們的淚水

01.世相
2001年
HK-4804
70×60公分

02.深奧之理
1999年
HK-942
160×200公分

03.多采人生
2004年
HK-878
140×200公分

04.互相輝映
2000年
HK-881
260×130公分

①②③④

飛漫黃沙憶不平

曾與你趕著路

當時那樣的人　被人惡意凝視

你說那是人情

好個漫長的日子裡

都未曾有過嘆息聲

如今又何蹉跎人生

腳上的破鞋聲

敲打著周圍

別笑　亦別哭

上蒼絕不願遺棄我們

像手中這弦琴

讓它永遠伴隨傾聽

01.半個聖徒
1990年
HK-514
75×100公分

02.生命
2007年
HK-4248
130×130公分

謎霧

鈴鐺勾上智性的腰

雲霧遮蔽了山神

太陽發出了光

遙遠啓開了真實的面貌

鎚我心頭

謎霧

謎霧

感

崗嶺上的牛群

流雲下的田莊

遲鈍的思維

暴風雨裡

偶然發現

這樣的生命和靈魂

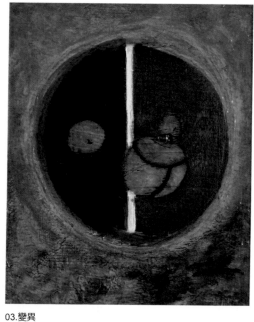

03.變異
1998年
HK-561
100×70公分

04.風情萬種
1990年
HK-818
110×65公分

爬

黑暗伸了頭　　　　　生命卑微

魔杖使著力　　　　　爬

抱怨　　　　　　　　忍受著痛苦

愁　　　　　　　　　遠望那無邊無際

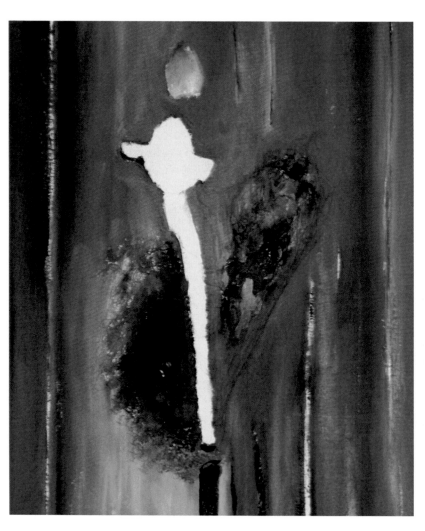
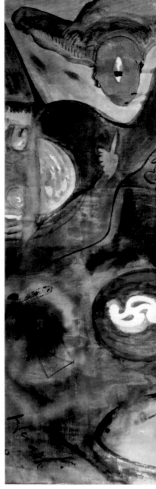

01.重生　　　02.名與利
1996年　　　2005年
HK-583　　　HK-956
100×75公分　140×200公分

01.奇異恩典
2003年
HK-800
120×65公分

02.穿透生命
1987年
HK-894
120×70公分

03.復活
1991年
HK-907
120×70公分

04.感恩
1997年
HK-798
120×65公分

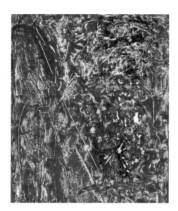

05.煙火通明　1999年　HK-662　90×100公分

風情畫　　　　　筆

黃昏的風情偷吻　　　　與墨水結成緣

園子裡的康乃馨　　　　述不盡的情懷

你那低頭時的眸子　　　流暢的淚水

使我隱藏不住　　　　　詩人

心裡閃動　　　　　　　奔放著熱情

像合奏曲般美的動人　　多少個灑灑滴滴

自然　絢麗　　　　　　攤滿在紙上的神氣

01.俠心
2005年
HK-750
100×60公分

02.或然率
2008年
HK-854
200×200公分

03.觀察
1990年
HK-4244
60×55公分

04.故事人生
2001年
HK-834
70×100公分

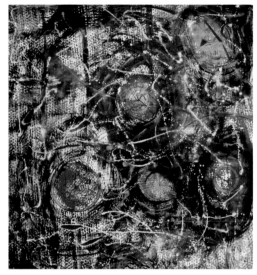

燼

往事

蠻橫得瘋子都不敢惹

仲夏之夜　使我想起

一切的一切向你低了頭

那曾掙扎過

使盡你的魔杖　法寶

為的是要奪回你的愛

但　絕非容忍

那時候我決心的投注

歷史的記實勝過雄辯

像十二月出生的戰神

絕燼

雖然有過極端的絕望

可　我仍努力地獲得

仲夏之夜　我睜大了眼睛

不知哪來的暴風

迷離中失去了愛人

哪兒尋找

只有失意徘徊

01.靜思
1999年
HK-4250
70×50公分

02.相對論
2001年
HK-866
200×150公分

03.難忘
2003年
HK-4270
60×50公分

①

夢戀

後來才知由於阿媽的緣故

可是你堅定地表示愛著我

如今又回到我的懷抱

潛笑中充滿著舊時的情意

徘徊於園地的角落

小草被踏著不耐煩

若你要問為什麼

因我失去了

夜夢裡的戀歌

給靜芝

我心頭的石塊

從很高的地方落下

願破開你那心中的波

好久　仍在　那裡縈繞著

那正是我心中的款曲和希望

可是　盼望著

而你卻喜歡樟樹下的陰影

和加上些給我的折磨

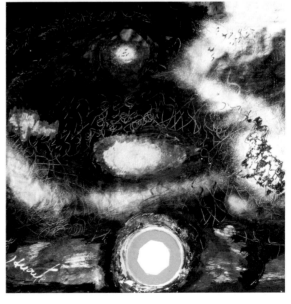

01.友多聞　　03.乾坤
1998年　　　2009年
HK-4265　　HK-4806
60×50公分　70×60公分

02.驚　　　　04.自由
1999年　　　1980年
HK-4247　　HK-850
50×50公分　200×200公分

夜行者

曾不覺艱難的小伙子

曾不發愁的你

如今常摸索著孤伶

向現實吆喝

重壓

可總是蹣跚著

耐心地趕路

小影

數次我拿起了筆

想寫下以往的歡樂

只因為

悲愁與煩透的心思

呆望著　牆壁上你的小影

白紙上灑灑淚跡

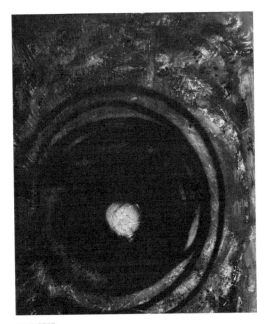

01.不歸路
1990年
HK-893
120×70公分

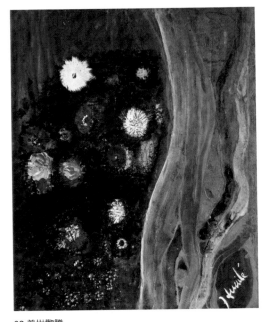

02.普世歡騰
1950年
HK-642
100×75公分

溢

朦朧的眼睛

看著你的訊息

流溢著辛苦的熱能

搏動了宇宙

像金字塔支力的柱

世界

宇宙

延伸

延伸

03.心
1999年
HK-890
200×150公分

一點藍

春曉

掉在偏斜路上的藍

圍著思想晃

伸長了脖子

遠遠聲著過去的日子

翻騰的時尚

一點

一點

喚醒了春曉

04.失尋
2002年
HK-4267
80×60公分

POEMES ET PEINTURES ●●● 穿越時光的詩畫世界 ●●

53

歡迎

道道地地的誠懇

隱藏著最熱情的人情味

歡迎你

歡迎你

伸手

獻心

在這血斑的人生

滴著汗灑著血

別忘我對你的友誼

奔途

鬼哭神吼

帝王谷沙漠一瞥

奔途中　怒風時的駱駝

陪伴著失神的旅途人

疲憊的倒在沙漠上

那風平浪靜的晨光波

照耀

拾起舊囊

向著新的行程

奔途　奔途

01.歷史舞台
2001年
HK-996
260×138公分

02.法蘭西之夢
1993年
HK-4822
70×60公分

03.不停想念
2002年
HK-837
75×60公分

04.成長
1992年
HK-892
120×70公分

① ② ③ ④

白露姑娘

晨曦的露珠裝飾著薔薇

像明珠般伴著春天的美麗

由於我有

更多的過去

所以我心中發出默契

最大的希望

充滿數不盡的愛你

從你的足跟到髮際

補的全是我的情意

姑娘啊

願春意為你灑上我的愛意

別嫌棄

溢流

流水般的情慾

流過溪注入洋

看　你為我抄寫

字裡行間的表露

啟發者永固的愛

也是你無條件的奉獻

給我的感受

每當閉上雙眼

讓溢出來的思潮陳述過去

好個堅持

堆砌成的愛

那大塊是我小塊是你

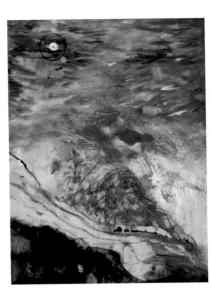

訴

告訴我

不要說那就是愛

讓

深情激動著你

我知道

你已經察覺

在深夜人靜時候的我

徘徊在草坪上

期待著

摸一摸你的心扉

觸動我的深情

賊

寡情　薄意

你說那就是標准人生

良心與譴責

總歸是那麼一回事

只要假冒偽善地扮得好

形態要像個人

你還是你——賊

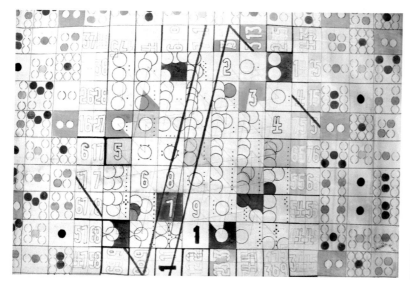

01.臨界點
1990年
HK-784
120×70公分

02.演奏
1998年
HK-4236
50×60公分

03.播種者
1999年
HK-963
100×200公分

私語

我雖然不知如何寫詩

為著你　我卻含蓄著滿懷詩意

雖然未曾說起

可是　那麼多的點點滴滴

都是愛意

如果還說不是誠意

那是昧著良心

寄意

深夜滂沱的雨

撞上無名惆悵的我

激發出情感的鏈鎖

你為什麼　自我囚

仰望天邊的星辰

腆活

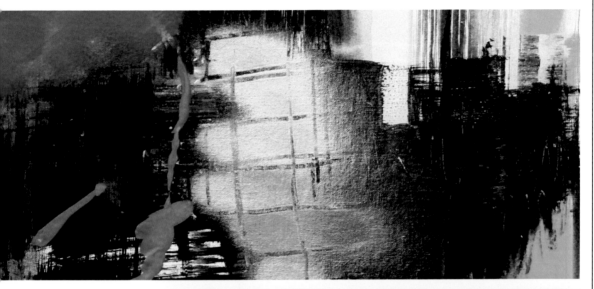

01.鄉愁
2004年
HK-4273
80×60公分

02.内涵
1998年
HK-606
100×70公分

03.俠的世界
2005年
HK-888
200×160公分

04.宇宙之謎
1990年
HK-572
100×70公分

湖

深夜含混著綠色的柔

密林夾雜著心思的情

在懷抱裡沉綿

猛浪的波

衝出慾望

思潮在浮蕩

01.上好福份
1980年
HK-760
100×75公分

人

思維的貪婪

無可厚非的情

證明含藏著真與假

換算那日月的生命

像一條河流

千萬個如幻如織

造成了斷去與延續的情苗

POEMES ET PEINTURES ●·· 穿越時光的詩畫世界 ··●

②	④
③	

02.純真	03.屬靈更新	04.刻意裝扮
2001年	1990年	1995年
HK-4240	HK-927	HK-771
50×50公分	120×75公分	130×50公分

61

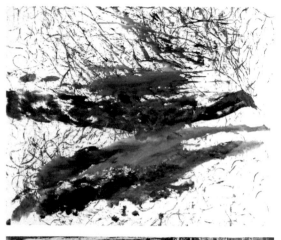

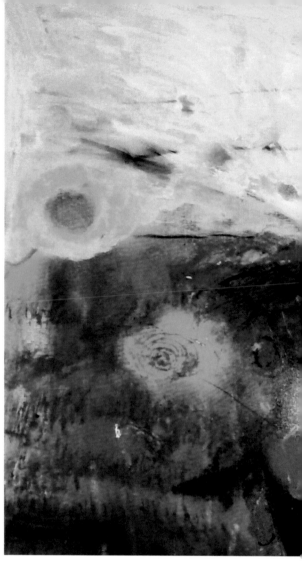

抗

衝突

惱了火

心頭使著力

總合眾人之情意

思想讓我

荷上苦難的重擔

不覺紅了眼

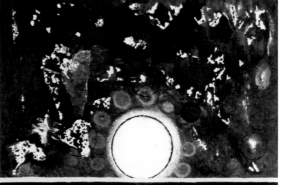

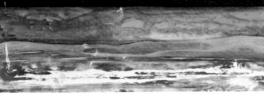

01.年歲王冠　03.探索
1990年　　　2007年
HK-751　　　HK-750
100×75公分　90×70公分

02.靈韻　　　04.世界舞台
1995年　　　1999年
HK-816　　　HK-747
100×65公分　100×75公分

①
②　③
④

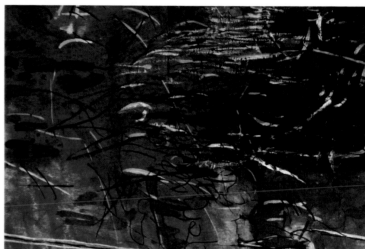

夢

我揚起

一朵雲　一片葉

掉落在荊棘上

淌著血

不再堅持

搏鬥

激戰瞬間

短刀失落

瞪大眼睛看

這時飛來的箭

擊中我的腦袋

驚覺醒來那是個夢

01.蛻變
1997年
HK-4248
70×50公分

02.燦爛
1980年
HK-493
105×65公分

03.頑皮
2003年
HK-4242
55×50公分

04.證據
1990年
HK-779
140×70公分

① ② ③ ④

人性

不要以為荊棘穿身

就喪失了勇氣

活著

活下去

用盡無比的毅力

一口氣

再一口氣

滴著血

痛苦

可是愛隱藏在深處

激發著純真的靈魂

像海洋中浮葉上的螞蟻

尋求方向

尋　尋　尋

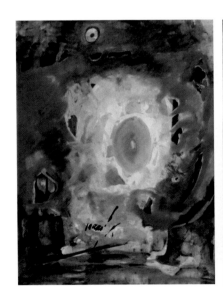

洩

天際的色彩一片幽鬱

遠處熒光奕奕

告訴著旅途上的人

把握現實

漂泊

潦倒

異樣奇怪的感覺

像個鋼錘加上重力

喘息中聽到雜亂的呼叫

洩　洩

馬蹄的聲音

使我睜大眼

好像被錘擊的幽靈

一陣沉重

而周圍的人群

卻發出無情的笑聲

體現出另一個企圖

01.破曉
2010年
HK-4807
70×60公分

02.吞噬
2000年
HK-958
130×200公分

03.心眼
2000年
HK-620
90×70公分

① ② ③

狐媚

你的尾巴一動

你的嘴角一揚

都是猛勁

腳似狐狸

手使著毒

你的威力撥刺著我

黯然　憂愁

體現你那原形畢露的醜

中秋節寄情

中秋節這個夜

願雲霧別再掩羞月兒的臉

這才可記起那仲夏之光彩

照在盛開花果園裡的你我

可是天邊的陰影

衝破了心中的懷念

月兒真的吆喝

我卻遮住自己的笑臉

01.山水自在
2000年
HK-837
90×60公分

02.得勝者
1990年
HK-865
150×200公分

03.振奮
2001年
HK-005
120×200公分

04.無極
2006年
HK-862
120×200公分

①	②	③
	④	

誘惑

無限空間

憨厚累疊

震我翅膀

意識超脫

緊束感應

盯上

抓著意識奔逃

詩的貪麂

痛灑的苛求

深暗裡不斷地勤勉

無所其事的唱喊

藍色的情歌

充滿誘惑

01.秘密
1989年
HK-801
120×65公分

②
③
④

02.奔放創新	03.超越	04.救贖
1989年	1990年	1996年
HK-693	HK-805	HK-775
90×70公分	120×65公分	110×70公分

01.妥協
1989年
HK-953
200×150公分

02.盼望
1991年
HK-670
110×70公分

03.光與時空
1998年
HK-914
200×200公分

04.灑寄居者
2008年
HK-491
130×70公分

05.幻影　2007年　HK-861　120×200公分

爬進

爬過了黑夜

累得像垂死的老人

可是剛到達盡頭的時候

被惡魔踏倒

伴我的她　這時候睜大了眼

未曾有過這樣的語氣和抱怨

何不學別人那樣

低俯著頭

卑微又算得了什麼

不　我啊　仍然得爬

既是慚瘦的身體再加重些

望著遙遠的藍天

爬那人生的道路

01.心靈旅程
1995年
HK-007
130×130公分

02.試煉
2008年
HK-555
75×100公分

03.數學
1990年
HK-970
130×200公分

04.幸福獻禮
1998年
HK-578
100×70公分

奧思

出神豎起感情的耳朵

憑石頭柔和的愛一下又是一下子的純真

細枝瘋來的小思想

向著隨它的愛長久

靜深裸露感染上陣陣風流

沉靜的大石頭沒有阻擾的來去

如夢的長流在石角下逗情

旋繞在EUS的寧靜

只有從石頭唱出的情歌

和娜娜伴著流水

風吻著樹上的長枝

我的腳步滲和著混亂

在異國的山河

思歸

思歸向著流水尋找

註：EUS法國南部鄉間地名

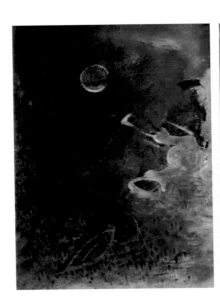

冬

時間遷移著力道

一股氣在盪漾

千年

萬節

你的名字叫冬

時間把你埋葬

原本的冬天

只是一股氣

不再

人生道路上

蒼白著你的臉

躺著

在這太平間的寂靜

似乎沒有了一點感受

和對靈魂的嘆息

只有花園的呈現

01.啓夜遊
2008年
HK-4809
70×60公分

02.生命的流動
2007年
HK-4812
70×60公分

03.浮世繪
2010年
HK-4825
70×60公分

寄　　　　　　愛

雖然你端莊的行為　　　　　一張白紙

可是　征服不了　　　　　　寫上了你亦寫上了我

星兒的閃耀 月兒的溫柔　　綴字填情

你那顯得嬌麗的樣子　　　　粉紅的筆填上千個愛

別問我哪個是星星　哪個是月亮　我在一旁看著你的眼睛

我將不加選擇　　　　　　　熔化了你也熔化了我

除非得著你的芳心

01.宇宙
2005年
HK-872
120×200公分

02.切慕
1997年
HK-571
100×70公分

03.腦力激盪
1991年
HK-4170
70×50公分

04.靈與肉
2009年
HK-4817
70×60公分

朝紅

朝紅長掛

嬌媚心上的朦朧

不終止的小雨點

抖擻著雲氣

五月花的一條綠

連上巴黎林蔭道上的枝

長青濛著白沙

享受巴黎一時的愜意

朝紅是你

你不要預測真與假的心

七色橋的回顧

巴黎奧妙的和諧

窮是你　富也是你

這夜使人奇想

和掩藏著的得意

美麗醜惡從波流翻過

像多角戀愛的少女

癲狂

01.宿命
2010年
HK-4814
70×60公分

②		④
③		

02.曙光	03.生生世世	04.智慧的雄辯
2008年	2008年	2001年
HK-4803	HK-4805	HK-494
60×60公分	70×60公分	130×65公分

三六 之一

訴求那個不自私的結合

衝突過深沉和黑暗的時空

把直感徘徊在東西南北方

洩落時的聲色溫和

流向無邊際的三六

重疊 重疊

偶然的結局

覺悟 覺悟

移位著虛無

高克斗導演的瑪莉亞瘋癲劇

衝擊著前衛藝術

內在的體驗和創造

使詩章縱橫

精光地否定了自己

現實代替了超現實

埋葬了虛偽

衝向突破的感嘆

孕育了超凡的心靈

註：「三六」在法語中代表「多次」之意

三六 之二

三六延伸在情趣的寂寞中

黑與白的聖律色彩

瞬間黑裡的慘叫

帶來世紀的決鬥

使詩人孤抓寂寞與勵練

回憶疊疊

把永恆呈現

在你的關懷下茁壯

時間成了偶然的嫁娶

必然傾向自由之家

如原始山坵上的花朵

踏上瞬間的長空

顧眄著你的嬌柔

傻個抓著你的腰轉

那瞬間隱藏的情投

伴你

仰望

你的神情超凡

01.平安夜
1990年
HK-565
100×70公分

02.靈性光輝
1998年
HK-599
100×70公分

03.見微知著
1990年
HK-873
100×65公分

 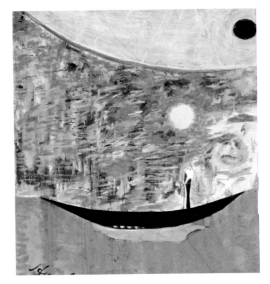

三六　之三

逍遙天涯

時長路短

分裂了旅客的歡笑

我知你對我奚落

卻又匆促匆倜來成全我

禁忌隨著姿態飄逸

結合著永恆地統一

使精神和靈魂的分野歸零

符合著自我的宿願

用堅持和對立把時空粉碎

時間的延長

罪行的紓解

毀滅不只是情與怨

只容納了我的我

虛空　虛空

忍受無情和人類的愚蠢

將藍色的吶喊破滅

死就是活的超脫

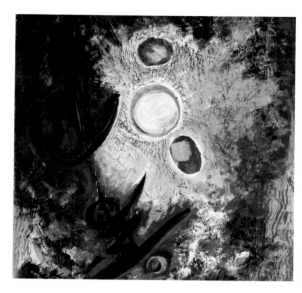

01.穿梭
1999年
HK-540
90×65公分

02.中庸
2002年
HK-622
80×65公分

03.生生不息
2010年
HK-668
80×60公分

① ② ③

三六　之四

血海裡的忿恨和那無情的戰爭

觀察　藝術

晦暗衝擊著思潮

英雄尋找著愛的逃避者

這零亂的和衝突的原夢

荒謬地祈求

那落魄的遺忘

留下一片空白

寂寞

讚　女神繆斯

展開雙臂

穿梭在瞬間的節奏裡

驕傲智慧超群　和酒神的思歸

敘途著見不著的陽光

鞭打著共謀的歸宿

以決鬥闖開常規

祀司為你訴求

漂浮的枝葉攀升

爬那三六

01.感恩
1997年
HK-798
120×65公分

02.階級
2003年
HK-755
100×200公分

03.智慧之美
1999年
HK-917
130×130公分

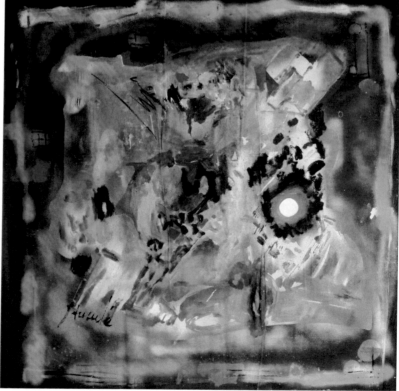

三六 之五

讚頌的詩歌衝破愛你的鎖鏈

波浪著愛的岸潮

穿過自由和放縱

三叉神把需求直感情奔

扔掉我和超我

不再敵對

創造了永恆的成果

智慧獲得效果

自由者自由

奴隸者奴隸

哲思

玩弄著濃情蜜意的奧妙

劃開覺醒的人生夢

說什麼

謎偶合著天地

狂亂結合著哲思

①	01.離騷	02.太空眼
	2005年	1995年
②	HK-624	HK-624
	80×65公分	75×65公分

三六 之六

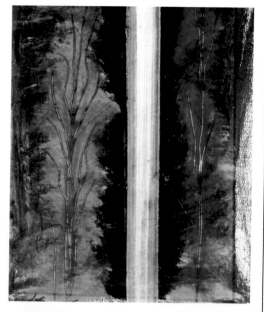

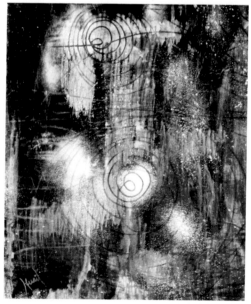

千變萬化

使智慧呈現

殊不知是鬼或是神

願波西米亞的海浪奔波

和燃不完地永遠

無止境的結論

啓開了原野

奔馳

開拓了人與人的友誼

摻雜著一個

一個的智慧

自我紓困的城垛

夢幻的長翼載著長思

上　下　左　右

疊上睿智和詩畫

包含著已經失去的愛情和快樂

留下的潛向直往

直衝

刻劃著巴克科斯的魔力

使你紅了臉伴著思維的靈感

攀上了三六

註：「巴克科斯」歐洲古代勇士

③ 03.賞罰分明　04.奔放創新
　　1994年　　　1989年
④ HK-657　　　HK-693
　　90×60公分　90×70公分

三六 之七

雠怨的謎

瘋癲的狂妄

扔去那燦耀的囈語

邁向無際的荒野

無限地盼望

盼望

使節流通過閃電的瞬間

決定了和諧

變化那憂悒

飛向愛

傾向著你

把寧靜分別著無止境地感受

壘壘成無數的夢幻

玩弄著三六

甦醒
2005年
HK-918
130×130公分

01.愛
2000年
HK-843
75×60公分

02.復活石
2009年
HK-687
70×100公分

03.甘甜
2002年
HK-941
160×200公分

L' ordre, l' écarté, l' énoncé   順序　隔絕　聲明

Il a tort de la force cordée	它強大的扭轉力量
La ville prisme	如棱鏡般的城市
Le printemps	春天
L' été	夏天
L' automne	秋天
L' hiver	冬天
Il jette un coup d' oeil en passant	它以錯誤地投擲方式掃視人間大地
Ils peuvent être longs	人們也習慣以此經驗準則渡盡平生
Les dimanches à fumer	巴黎生活就像那星期天的香煙
Le courant de chaque brocanteur de vie	任由二手經銷商扮演潮流仲介
La statue sera invalidée la mort	離像則是象徵著無效的死亡
d' injustice	不公道
du somnambulisme	在其次
L' hypnose d' états seconds	夢遊催眠狀態中被殖民
d' étrange	奇異的外國人
L' étranger	你是廣泛居住在大巴黎市區中的巴黎客居者
Tu es de la ville de Paris	永遠的異鄉人
de vivre	雖生猶死的活著
Même si tu as mal	如同腐敗的壞死之軀
Même si tu meurs	亦如同靈肉早已分離

L' amitié

熱愛

La narration 　　　　　　　　　敘述

La mode 　　　　　　　　　　　時尚

Au lieu de rire 　　　　　　　　不是哭或笑

Au lieu de pleurer 　　　　　　也非哭或流淚

Chose 　　　　　　　　　　　　選擇

Argent 　　　　　　　　　　　金錢

Un chien est devant une boucherie 　如一隻狗在屠殺前面對豐厚食物

La richesse 　　　　　　　　　天才

Le génie 　　　　　　　　　　風驅走了對墳墓記憶

Le vent s' en va au cimetière 　冰川仍迷茫紀念曾經堆砌的億萬年

Les glaciers de la mémoire sont confondus du souvenir 　檢討生活必須的優先順序

C' est fortifié pour la vie 　不再被更多屬世事物支配需要

Il n' y a plus de besoin

※法文詩的中文由趙曼、黃德勝熱情翻譯。

  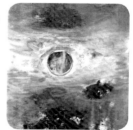

La porte du ciel

天堂窄門

Je suis le cercle rouge

C' est la porte du ciel sans avoir

Le grand UN sur le TOUT

A étendu la libération

De l' homme, être nu.

我是個紅色的圓圈

放眼看去大門是否存在

在整體宇宙之上

無限的平行放大

依舊是赤裸的人

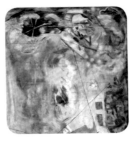

Paris

巴黎

La vie	生活
Les hommes	男人們
Les femmes en passant dans une fantaisie illégale	女人們
La chance du rêve est d' indifférence	如過路客般激情於非法想像力中
Le détail de souffrance est de petits ennuis	而基本的夢想機會的回報是冷漠時
Les mystères	痛苦細節卻造成了各種小麻煩
Les surprises de l' imaginaire	神秘的
L' œil parle	超自然的驚奇
La belle	虛構式的眼睛
Le bruit	美麗的
Les fenêtres d' une cage méfiante de la mégarde	喧鬧的
Le fou	噪聲窗口竟成為是機警桎固的牢籠
La joie	瘋狂
La mort	喜悦
L' amour	死亡
Le seul	愛情
Je pleure	孤寂
Le souvenir d' enfance que je vois d' un fou	我哭泣
	童年
	我記念曾經瘋狂的友誼

Paris

A Paris

Je n' ai plus d' amis

Je n' ai plus d' ennemis

Je suis une mort dépouillée

L' action de dépotage est isolée

Je marche seul

Ma recherche de chercher du poil

Et les choses de la poubelle

在巴黎

已不再是我

也沒有敵人

被剝離成行屍走肉

被隔絕而無從行動

孤獨躕行尋找

一路風景找尋探索相知的藝術心和藝術眼

而浸濡甚深者的結局竟是充滿蔑視的垃圾

Un oiseau prend une flûte 一隻吹著長笛的鳥
我是

Oh pauvre étranger

Pauvre vagabond   啊！可憐的異鄉人　外國人呀

Le Floréal   漫步走在Floréal煙草咖啡館中 (註)

Café et tabac   是遊子們的特別排座

Tous passent pour le spécial tiercé   你不是來演丑角

L' un n' est pas bouffon   其他的更不是演詩人

L' autre n' est pas poète   而咖啡　是

Mais café   讓蠢人心靈上的震顫

Tabac   震顫了蠢人的心靈

L' imbécile tremblement d' esprit

L' imbécile tremble d' esprit

趙曼註釋：住法國很久的都知道Cafe即咖啡館，而Tabac也是賣香煙的咖啡館，法國咖啡館營業有六等不同牌照，不是任何人想做生意就可以開館，而是第一、二次世界大戰後傷亡殘障軍人或其妻才可依社會福利，申請拿到Tabac牌照，賣酒水報章雜誌（在法國開餐飲業者人盡皆知的事實：酒水錢最好賺——六倍利潤！）。

La faculté de percevoir le flot de la vie

Je suis ignoré de choses encore ignorées

L' amour est tout désespéré

L' ignorance est de surmonter

Alors j' ignore

C' est l' honnêteté

La sexualité échappe au mot de trop

Car l' amour ne se manifeste que lui-même arrondi

Le recoin est la période par conscience,

L' amour d' engendrer

L' efficacité de la personnalité

Le cercle de magie est l' ersatz d' une souffrance légitime.

Ce que je t' aime, le soi

Attristé, accablé, en flagrance gnostique,

L' abstraction fait des byzantinismes.

Toi,

C' est toi je t' aime toujours,

Soi, toujours je t' aime;

L' amour crie d' amour

L' amour c' est le non-dit de la démence

Car les archétypes de Soi frappaient à la porte

Avec eux arrivaient les expériences au dieu de l' ivresse.

La sexualité danse de haute alchimie

生活在現實情景交融裏

驚覺　我不等於

忽略　讓愛情陷入了絕望

無知　終究是還原的本性

對它　竟是未曾察覺的遺憾

誠實　確成了逃離的藉口

過往　離不開的兩性

愛情　圍繞著挑逗呼吸

凹凸　深鎖處的迷人光彩

文明哲思脫韁的自由心證

最有效率的

如同魔術般的

轉圈週期

已成為痛苦的替補

因為　我愛你

煎熬　在心靈極其難過的重重打擊下

直覺　罪大惡極

砍伐　感情被當做邏輯

你　是你

我愛你到永永遠遠

永永遠遠我仍愛你

寫下愛的呼喊

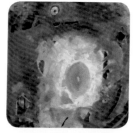

L' amour

愛情

Mais, mais, mais,	是
L' amour est le dernier point du devenir	但是
Il n' est rien de rien	也是
Mais plus de plus de trop	
L' oiseau bleu	愛情是最終至高點的反折
Il n' est que fou de lui-même	它看似沒什麼也真沒什麼
Les fous sont les autres de couleur rouge	但卻每日再多上加些什麼
Les dents cruelles	
Le philosophe cache la philosophie	藍色鳥
Les sagesses regardent le ciel de la démence	它不是那瘋狂的本性 瘋狂部分則是那不同部位的紅顏色
Le ciel rougi, rosé	還有殘暴的嘴
Si tu voles	
Envolé de froideur du haut degré de chaleur	哲學家在哲學思考深處　尋找隱藏著的哲學
Montes-tu	看著天空太美好是估算瘋狂錯誤的　等值
Mille des mille	紅色的天空　粉紅淡玫瑰色
Profondeurs.	

如果你能高飛　而

升天高度可直接竊取聖界　會

出奇的寒冷與極熱

進入且騰躍　讓

自由心靈遨翔至千萬里　擁抱天際

穿越時光的詩畫世界

Café

Tabac du Floréal

Rouge et vert le dimanche matin

En passant

Les Chinois

Les Français

Les Arabes

Les Italiens

Ils font même le jeu du tiercé.

咖啡館

Floréal煙草咖啡館

紅色和綠色的星期天早晨

匆匆過客

多少中國人

多少法國人

多少阿拉伯人

多少義大利人

他們通過匯流時

甚而玩弄成了一場戲劇人生

Université   大學

Professeur	教授
Etudiants et étudiantes	大學生與大學生
« Alors »	「然後」
« Mais »	「但是」
Tout le monde est fou	全世界都是瘋狂誤謬的
Fou de la vérité	誤謬的真相
Vérité	真相的誤謬
La vérité	真相卻僅只是
C' est une femme passionnelle	激情婦女
Rien que le meilleur.	全然不知最佳的真相

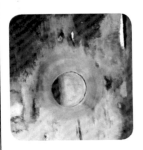
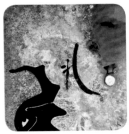

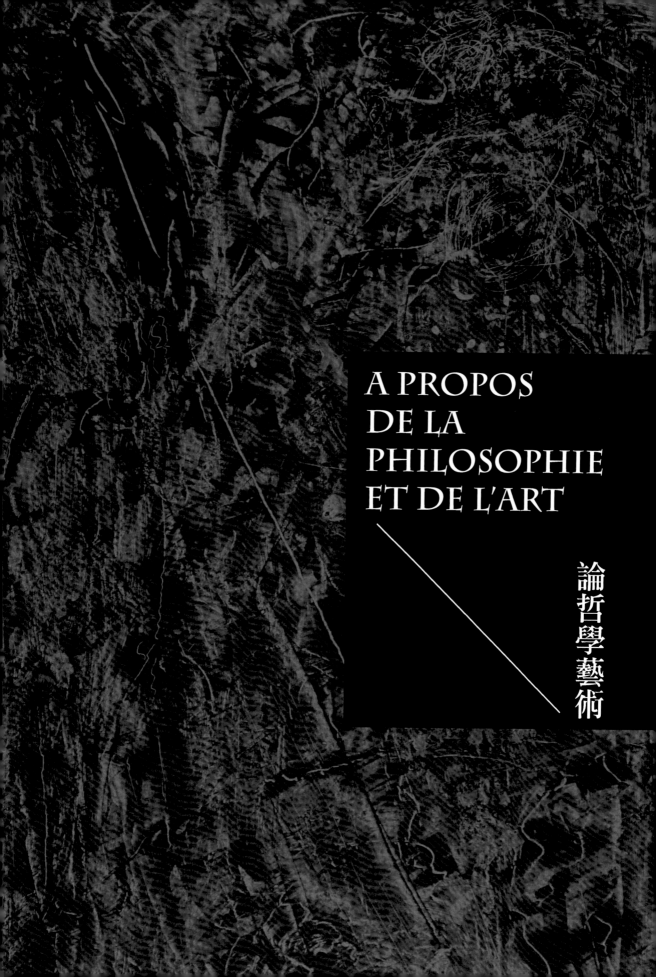

A PROPOS
DE LA
PHILOSOPHIE
ET DE L'ART

論哲學藝術

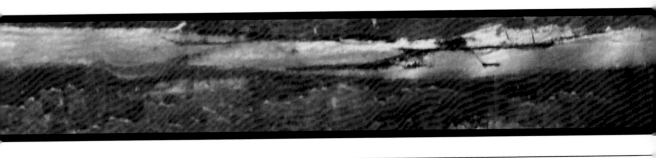

人生加一的哲學藝術

一、戲劇的感性與本體感性的共相

社會溢流與資本家狂妄無法制止的概念，造成了社會上不安與痛苦的根源，實現主義者為了解除這種已發現的事實，於是迫切地需要改革。而面對著這個幻想的世界與人類實質上變化的序列，關係想求得純潔化。其迫切性的要求以怎樣依照藝術效果來超越這種暴風雨，如果用藝術的表現來整理這些層次現象和怎樣歸納在時間空間與人生審美觀念的轉化，得到個體統一和靜化，卻成了藝術的變換，使得在政治經濟上，如何對付所形成奇幻現象。因之實現主義者朝著邏輯觀念的自身求「一」的解剖與大零的分析，在我（Ego）與我思（Cogito）的內感性與人的想像力所能在感情的個體與屬性的心向下分析並

作深切的研究，意識與無意識成了人生戲劇的階段性。人身的自我體驗和改革的意識傾向，否正論在內向的價值意識中將從屬性變換歸納第四維加一的存在性。發生在現代社會成了反對力量並潛伏著侵略、暴力。因而將自我從屬性建立在個體內的純性和從屬的社會現象加在個體的情感故障，而成了不能語解的階級界限。個體命運限制在階級的界限中變成心理上所發生的愛與恨，戲樂與痛苦，希望與失望，都在階級的問題現象的序列，機械生產力發生了精神不良現象，而整個人類的審美藝術不能簡易而直覺的產生能力，成了人生活上的幻覺。淫蕩與交易（Negoce），近觀形象藝術是實現主義的效果，啓發人類在藝術與哲學上的世界觀，並提出了個體存在創造概念，使每個人都是藝術家的藝術感受者與創造者，因為藝術是一種

觸感被顯現的直覺操縱者。使主觀的屬從性與客觀性的概念與想像力發生總合作用,這種程序的自治力在人本身是個排除性;除去神秘與自由的可宜性,因為依照人的尺寸來衡量自然,總是建築在不自由的社會中,如果個體的存在受到抑制或變易,或不能再次出現的情況下被排除,這就是藝術世界的重要性與變易性所形成的實現力,如同人的思想中接合著神仙的異念一樣,就像意識的必然性使藝術充滿了個體的認識成原動力,這種原動力可以在任何言語所能起交談的效力,可是語言的本身就是一種反駁。

二、陶冶與淨化

亞里斯多德的淨化概念,在戲劇與人生哲學顯現出感情的失敗與幻想形成為悲劇或勝利與幻想的笑劇,以及目前呈現在我們社會上重演著一種效果,如果說是目的,那就是幻想取樂與消遣。博愛適德(Bertolt Brecht)以為亞里斯多德的淨化是同情與懼怕的純鍊,由於這種懼怕與同情不是為了樂趣,而是感情上洗鍊純潔所發生的傾向。帕斯卡(Pascal)也對我們說過:「不要認為樂趣這個字是一個戲劇純化性來作為解悶的心理現象,戲劇本身就是觀念的變化;如果想要達到純化,那必須是個性的轉換與意識傾向的純潔效果。個體與現象使意識與無意識的地位的更易,這種移位是一種對立現象。阿斗(Antonin Artaud)似乎在純化的感受接受了自我作為與導演的超越效果,他以為戲劇是自我實現的可能性,也正是詩的超越性,並考慮到一種言語在空間時間的活

動，這種活動性是抽象的，非神聖的，他反對以言語來作總結和作為。所不能超出的本體。如果說戲劇是藝術的淵源，仍是依著一種不同尺寸的音語的動詞與音符，那就是過去的時間和我現在沒有任何比較，所以阿斗以為戲劇在「有」的創造性來說「演出」的創造並沒有留下「再重複」。演出是主題與主觀的有形體，而不能將它設想的成就成為戲劇的規律。

繼而我們從古典研究人生與戲劇，多半離開人生的密度來觀察，和落在文飾的崇拜的狂妄現象。求樂趣、求考究文學、詩意、和實證論等。反觀阿斗是唯一的演出夢境戲劇者，並從自求本身和在習慣性的反駁提出了創造性。他演出不依靠正文，也不考慮投射它體的應合，而是以「間中」抽取作技巧、姿勢、字、音響、音樂與所有考量的偶然性，他常說戲劇在一個地方只有一次出現，一個姿態不會有第二次，演出的當時也是對神審判的末日，以創造革新來反戲劇。反歸納到永恆的整體的戲劇中，一切為戲劇出現的音樂、詩歌、景像，呈現出非常嚴肅和殘忍性。

至於生活戲劇（Living Theatre）的創始人柔蓮貝可（Julian Beck）與他的太太柔蒂（Judith）深受阿斗的影響，是當代戲劇大師。也是安那其主義的崇拜者，他的戲在大戲院和在大街上演，

他說他的劇作是個無政府社會劇作，曾在意大利演出，將收入全部燒毀，而演員在拾菜場棄物過活，並被警局仰囚成了犯人，出獄後依然故我。望德（A. Venden）跟隨他在美國研究回到法國任大學戲劇系教授，有自由主義色彩。釋譯柔蓮貝可的戲劇，以易經的八卦來作演出題材，望德也依「射箭」的「射」動詞作為教材，有時候以「禪」作題材，我曾研討和親身體驗，幾年來得到一些心得，提出幾點概要：

A、如何放棄日常的作為和構想：機械論的肉體能在第一時間與空間，發生在腦際的擱置和喘息效用，成為心理的元素得到超脫和神經的統一。

B、如何呼吸：使能量得到蓄存成為間中在道管變換發生內與外之間調和系統得到活動力量。

C、如何集中神力：肉體結合在全力思考與聽覺的定向位置上，使驅軸中心與肉體的能性，逐向專一的效果。

D、如何傳播：使肉體的集聚合宜與通暢，定標誌、呼吸、使能性透過精神活動，音響力成為傳播的能動性，注意在體能上收縮與放鬆成為流通作用和傳播作用。

E、如何運動：運用與肉體在意識感應上能使運動的效果發揮體能與空間的流動，完成重複的想像，能使神經系統與體質的機械運動和生理上發生意識的效力。

F、如何用姿勢：肉體發出的語言從姿態的徵候來譯解和體念發生生物機械作用，有生機的運動的效力。

G、如何交通：喘息如同自內向外的交通網，使之保持接觸，成為繼續流暢的收積間隙關係，在空間時間中接近意想中的遊戲作用。

戲劇與人生將勇敢的啓示著一個戲劇的存在，依照自我勇氣來創造一個劇情，同樣在玩劇中得到生活的可能性。

葛樂逆偉斯基（Grotowski）對人生與戲劇和對戲劇作成一種徹底性地革新，打破了傳統的作法，人家說他走的是窮苦的路子，並超出了導演權力規範，他卻以為戲劇本身就是精神純潔的敘述，充滿著自身整不到的對象與行為上表達來建立在自身的一個合約上就是言語的一種對質。這種對質（Confrontation）是極端的、直率的、紀律的、準確的、完整的，不僅僅是思想的對質，而包含著存在所有性，本性與意識不到的「在」，也是自知之明的境界和奇蹟。

三、東西文化的加一觀

中國哲學上易理之變化，所謂天地人三才地說法，這是人們以幻想地方式，是由單一的感受活動以達到具體統一的人格化。用抽象效果把外部與「自我」、「本我」予以理性地分析，山地到天是單一而統一的尊大，天與天命便是至上的力量，也是人以外的人卻不能轉移這客觀地規律而只有研究它的無限性，使本我的活動與外相的活動一致，殷人拈卜然後決大事，求得共相的早期人類思觀活動的統一。到了春秋戰國時期對於天根本作了否定。這是中國哲學第一次運用人的眼光來看人的現象，因為天的本身就是自然，將人道與天道對立現象的現像作了客觀的認識，天不過是外部的四時，運行和生生不息的外部力量，從老莊的思想來看，凡是可以感觸到的有型物體，都是可以定名的，只有無法感觸的道，才是無法定名的，無名天地之始，有名則萬物之母，（這點後作批評），老子的：「道常無名」，莊子的「無常」，這種思想決不是空無所有，而是指它不是一個感性地存在。它的存在是耳目無法看聽到，可是經常發生作用天下萬物的無，就是「道」，它不存在有之外，或有之先，而存在「有」之中，因之老子對事物的感性存在與本質的關係是深刻的。他所謂的「道」是事物的本身，又是事物的規律，人如果能掌握「無常」叫作「明」，就是人依照人們通過自己的主觀努力地成效，去掌握內在的「無常」，他說：「以道蒞無下，其鬼不神」，主張「人」只要守之於道才能統一，萬物將為之而自化，從這裡我們可

以知道老莊是自然主義的世界觀，也是主觀動力的人本主義者。

實際上中國封建時期，在貴族與奴隸的衝擊下，將天道與人道分離，天道是屬於客觀世界的活動規律，而人道是屬於主觀世界的活動規律，左傳中記載，子產所謂「天道遠，人道近」，就是強調人對人的社會活動，吉凶上的事，唯人自取，也就是以人為力量打破以天質所創造神密的黑箱子。明白發現「天道」是獨立於人以外的，人必須以「人道」為準則，得到個體的統一，比西方神密的耶和華造型實為高明，可是中國在一八四一年的鴉片戰，英國強使中國開放五口通商，基督教的浸入，戰爭的失敗，使中國在三百年間的科學與哲學發生不振作的現象，實際上西洋宗教正受強烈批評時，而中國人卻盲目的接受，受拉斯謨（Erasmus Roterodamus）說過：「基督教是一種愚蠢和癲狂，根本不是藝術，只是殘忍地將人局限在造孽的圈圈裡。」尼采說得更徹底：「認為基督為神是錯誤的，也就是一種造孽，反了自己的口味。」違反質體在個體認識的藝術傾向。

馬爾庫塞（H. Marcuse）在藝術批評中他以為淨化是權力形象的藝術，亦是命運的命名，使自我個人清楚地陶醉在自由與缺乏自由的強烈感受中，因為藝術是轉變的實在結合著革命的術略上各自口味的判定。同時也是屬於人與人情愛上的掌握，重複在興趣上的起伏。在對馬爾庫塞的批評藝術措施緒言中，他認為：「藝術傑作的圓滿性是一下子快樂的回憶」。於是我們可以稱為藝術是出之美的忖度，美的享受提高人品質與安靜，以及人在片刻間動與靜的生命力。無常的無序，不息的堅定不移和需要成了連續的生活性感，自由的造型在固有的美與實體感受發生著昇華作用。

回顧中國西晉時（公元二六七年），裴頠提出反對「仕不事事」並提倡「崇有」，與「貴無」批評。「崇有論」的基本思想，是針對著以無為本的宇宙本體論思想，而提出世界萬物都是「以有為體」的學說。裴頠說：「夫總混群本，宗極之逆也」，這裡的群本即是指萬有本身，「萬物有本身」就是世界的本體，宇宙即是總括一切萬有的存在，這就是所謂最高宗極的「道」。如果離了萬有的存在就無所謂「道」。裴頠又說：「形象著分有生之體」的思想，他認為各種有形有像的具體存在物，就是各自有生之物的本體，它並不須要以「無」作本體。所謂「理之所體，所謂有也」，討論了理與萬物的關係，認為理（規律）即是事物本身的理。然而在玄說家王弼看來，理是事物的宗王，它是統率事物的最高的理就是「一」即「無」這即是說，物必須根本由理而運動，主宰萬物的理就是「致

一」的無。然而依裴顧看來，理並不是獨立於事物之上的，而是根由於事物的變化和事物之間錯綜複雜的互相作用與相互感應而表現出來的形象就是「理」。絕對的「無」是不存在的，那麼人仿一般講無是什麼意思呢？裴顧認為所謂「虛無」是對有而言的，即：「虛無是有之所謂遺者也。」因此，無是對有的否定。裴顧指出玄學貴無思想來源於先秦老聃的「有於無」的學說。裴顧對老聃的思想作了一番分析，老聃著五千年之文，為了批評當時的思想繁雜和追求盈欲的毛病，提出了守靜抱一的貴無學說，這本來可以成為一家之言，但是老聃又鼓吹「有生於無」、「以無為宗」，就是片斷而不正確了。

另一方面葛洪煉丹述「玄」的本體論。葛洪說：「玄者，自然之始祖，而萬殊之大宗也。眇昧乎其深也，故稱微焉。綿邈乎其遠也，故稱妙焉。其冠蓋乎九霄，其曠則籠罩乎八隅，光乎日月，迅乎電馳」。「玄道」者，就是「守一」，守一的思想淵源久遠，「老子」第三十九章所謂天得一以清地得一以寧神得一以零，萬物得一以生，《莊子·天地》：「萬物雖多，其始一也。」淮南子更說：「夫天地遠而相通，萬物總而為一。能知一，則無一之不知也，不能知一，則無一之能知也。」葛洪把守一分為「守玄法」和「守真一」，這是守一的發展，並把「一」擬人化。所謂一有姓字服色，男長九分，女長六分或在臍下二寸四分下丹田中，或在心下降宮金闕中丹田也，或在人兩眉間，卻行一寸為明堂二寸為洞房，三寸為上丹田也。這種擬人化的說法是有體能集中的靜化作用，對於複雜的世界提出自我創造力量。所以目前西洋人學習東方人想求仙一樣。那麼葛洪的其一又是什麼呢？他說：「長生仙方，則唯有金丹；守形卻惡，則獨有其一」。謨西里（A. Musil）在他的「人無質」述論中提到精神的創造與現代人生理所形成精神分裂症，如何得到建樹的象徵，乃是一種規律在兩個間隙地距離的動能，在公式上是從N到N加一的過程可以將國家主義、民族主義、遊放主義、莫里諾斯靜寂主義、活動主義發展新教主義，權術主義等等作出超越的關係，使人生戲劇的奚落，等於好與壞的加減象徵成了人類兩性畸型的人。兩性畸型人的無質結成了兄弟，在垂老之期是最雲霧溟濛的慾望就是患受虐色情狂的創始人從他得到「我的」重演。謨西里是個自我陶醉主義者，「是」的可能性向著每個片刻的第二個性；個體作為是創造精華的一部份同樣也是科學的本身。■

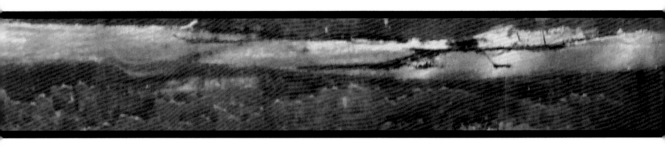

藝術創造力哲思

一、里比多劇的感性與本體感性的共相

　　陰森的、沉靜的生命力，已經不知過了多少個世紀，人呢？人雖是意識的動物，卻關連著無意識的境界。笛卡兒（Descartes）拒絕無意識，主張理性論，直到佛洛伊德（Freud）、阿連（Alain）才相信並肯定腦神經質存在著動力的論說（Dynamisme）。直言說，里比多（Libido）是吾人藝術生命的動力。本質上每個個體皆有藝術的氣質感，可以從生理上的認識得到證實。

　　人有整體和多方面性的本能。拉瓦得（Lavater）認為人可以從三種不同的動向作自我考驗：安靜僅做是片刻間的；暴力的、情感的支配權；以及臨時突發和必然性的約束。這是自然的認識，也是人與其他動物的不同點。人有

骨骼與機能，有衝動和昇華現象，亦有自然實質發生的具體感，而這些現象所役屬的快感動向，要求著直接的滿足。

　　里比多的活動衝激著原始社會，但卻受到文明社會的指責與批評。無意識的嗜好倒退在文飾裏，無力感受這種動向的心理現象與產生的效果，導致精神病態的嚴重性。所以從精神分析的技術研究成果，特別發現回轉的效能，導致意識傾向於妄想著以主觀代替實情，形成了雜亂不合的現象。明亮的推理所達到的境界。在黑暗中反而成了反動力，而不能控制自身的本能性。

　　法國的拉岡（Lacan）結合哲學與心理分析形成了一股學派；德勒茲（Deleuze）與瓜達里（Guatarri）曾著「反衰底帕斯」（L' anti-Oedipe），還有利奧塔（Lyotard）的符號學、博柯（Foucault）的斷絕歷史觀、沙特列

（F. Chatelet）對希臘價值觀的研究，這些當代思潮皆在昭示我們此一真理。心理學家榮格（Jung）一九三五年對中國易經的研究，從易經的變化對無意識的觀念大加讚賞，認為它能對人類哲學觀提供貢獻，這些美妙的觀察與研究是近代無意識觀念的哲學富藏所在。

二、思想與心靈

世界最偉大的仍屬心靈的作品。例如易經、道德經、可蘭經、聖經等，若問什麼是「經」？「經」字：左邊是糸，顯示絲綢或統覺性的抽象作用；另一半「巠」是人生與水的質：「巛」是水的流動，「工」是為人之力。而「一」則表示一個半歡！啓發目前電腦研究的概念：=0，一 =1。「一」的長度，可延伸成無限的容量，甚至包容整個宇宙與人生。

西歐人常主張雙觀的哲理，認為千變與萬變皆只是一種關係的作用力，所謂垂直僅只是相關的臨時感覺。換言之！任何的垂直線只是你與它發生的瞬間關係，沒有絕對性的垂直。三年前，我與朋友研究「意識與無意識的心向」時。我曾對法國朋友說：「你們法國人不高與時的口語總離不開他XX，他XX，有的人還要重覆四次，這是為什麼呢？」我用取笑的口氣說；「這真是高境界意識的傾向潛入無意識的結果。」

任何東西都是性的變化，可是性是自然的本質。物質的變化可以說是半個一，不等於零也不等於一，但是它的的重要性有物質變化的抽象作用，這就是人能知崇於天、體卑於地的作用力，如果它的力量要歸到完整一的時候，必先要歸於零的效果。「無」、「空」成為空間與時間的間距，或兩性的關係，

變成了無可差別的質體，由於這種現象而發生其靜也專、其動也直的創造力，這種關念在科學的發展與迎頭趕上西歐人進進的科技上有重大義義。

中國人講道德。有關「道」的方面真是洋洋萬言，暫不多敘。我想心靈與人的關係在於「德」的發展，法文道德的意義是Moralisme，它的真實解釋不似儒學者有表而形式化的傾向，甚至會有反道德的論調，那麼德的真正意義是什麼呢？它是質與數之歸於零點，這們常是質的體，也是質的用，是始亦是末。中國人的祖先觀察宇宙，解釋世界，萬變歸一，以「一」字的周延來看生命的根莖。心靈的本身沒有好與壞的分野，它只是一個力的活動。目前世界性的電影藝術，甚至其他所有藝術，包括人生的藝術在內，都興中國古老發明的易經有關。總而言之，以術伸德，用不同的模態去發展生命力，可容納生命的千變萬化，以盤位關係的外感力來與內斂的靈性發生混合，合併了意識與無意識的向心作用，構成了千萬個容納生命的意識質，如果每個盤位有自我改革超越性的傾向，循以否定到肯定的步驟，便可得超越的永恆。

對於永恆的觀念，我曾與朋友稚克分析數字學，提到阿伯利歐（Abellio），我們曾對他的著作作過多次的分析，我以中國的數字與文字學，提出中國字都具備了形、音、義三要素，特別以數字「八」為例說明該符

號的造形合乎連貫性和併線（Doubl-age）的觀念，我說：中國數目的「八」，左「丿」，右「乀」，發音為PA，如果以併線的重覆關係＝PA＋PA＝PA Pa「是爸爸」，也是世界性原始語音，世界上每一個角落的嬰兒。都會自然發出「爸爸」、「媽媽」的音調，這是自然的，不是習得的。自「八」乃由「丿」和「乀」兩符號所組合之事實推論。任何真理皆開始於兩符號的結合引表現了它的「無限性」，介入自然與自我的存在之間，它接納一切，且包括一切。它可能發生破壞或可能得到建樹，就是這樣帶入我們生活的希望一所謂無章正是無秩序的創造性。

「雜亂無章學的頌詞」就是道之道。「無章哲學」是莊子發現的，類似寶愛（Bourer）對放蕩的讚美，提出了「雜亂無章學的思想論」。寶愛又說：整體既在整體之中，那麼每一個「總」皆有它的正面性。就像是一面獎章，然而缺陷在於這面獎章就成了道德的規範。局限在人生的習慣裏，成了定規，成了社會上的不足與失意現象。我們可以就人的思想與幻想來說：幻想是思想之母，由於它的緣由使人不斷地思想著。

正如莊子所說：「趣舍滑心，使性飛揚」。直到黑幕落下，只存呼吸的間隔。人才停止了一切思潮。直到起來活動的時候又關始重新回到思想裏。莊子的「鵬之徙於南冥也，水擊三千里」是用幻想來接納了他的思想。於是思想才

成為藝術。相反地，他的「天地與我為一」的思想就目前的發現而言。它是個「同質性」論的存在主義論調。人的本身就是最高的藝術。因為它是無限性，包含著過去與末來，但最大的感受力則在「德」裏。一切「是」的東西都具有一體兩面性，必須各自去發現。

我的朋友稚克提出一個圖案，類似於加德納（M. Gardner）的相對論。到底何處是水平面？又何處是立體面？我們只能依體與體關連的局部現象來研究。你所看到的真理，並不一定就是絕對的。人的生命像朵玫瑰，象徵著愛，它的本身並不表態在價值上，一切都是免費的，因為美與醜的比較，不是它的本身。精華的本身永遠不能作比較，因為它是永恆的永恆。

沙特（Sartre）的劇作《非法的監禁》說：「對人身的搜查是錯誤的，要拒絕並以無言的抵抗，不要用暴力或是笑的獻媚。簡單地說：我們要保護自己，不要戰爭，但是他人對我們發動戰爭的行為之時，我們就超越地，以最大共同力的戰法，而且是狠狠的對它。為了這個，我也就高興地穿上軍衣，一夜之間，成了軍人，於是我成了一個永恆的戰士。」由於他的劇作，使我回想到二十三年軍中的生涯，當我從軍時，我的年齡是十五歲。勝利來臨的時候，我體會到，人生就是戰爭，我只有隱約地在心神裏注視這個世界和我的生命。我感受到蘇曼殊的愛心，發現他是近代中

國虛無主義的創始者，他的詩與漢補（Rimbaud）的詩都是不朽之作。由於他們給予我的感受，啟發了我的學術研究，以有限投注在無限裏。

中庸「格思」一詞中的「格」字，從字面上分析，左邊「木」是質的意思，它的本身是無知覺的，用成語來解說：「木本水原」。右邊「各」的意思是「各自」，用成語來說，是「各行其事」。如果有了成果，就是「各有千秋」。人在戰爭中產生了英雄和道義，這些都不是「格」的本身，只是抽象的行為，「如何」與「為何」的目的和行為都是抽象的，「格」者有「正」也有「反」的兩種解義，格物是窮究事物的理，然而理者緣由的意思。如果說奧得甫是自由的，那麼感情的本身便成了陷阱與悲劇。一切的情潮都是私生子，它缺乏自我本身的願望。狂熱的驕氣只是人生的瑕疵而已。

人生就如戲劇的演出，心靈的超脫，並非智者表露得出的。字意的表達只是一個「位」向的問題，它與人生的實質發生連結的關係。如果人的行為是自由的存在，依自我的天性所選擇的「位」，必然是簡單自然的生命觀，然後依自由的抉擇，在這個位裏起化合現象，進而構成了宇宙觀，在個體裏形成了一種整體感。像一棵樹，它的根雖然不易看見，但那卻是必然的邏輯。然而人是抽象的，正如人生是劇，並非實質，如沙特所說：看的動向關連到這個

世界時，那細密的分枝體就像一棵樹的作圖，眼睛就是這種撐架的著色體，也是質的代表，更是一種無秩序的誘惑。

智慧與認識是生命所獲得的聰明，然而從它轉為我的真實感，才會有美的結果。精神的本身包涵著多面的聰明，但往往會陷落在陰暗裏。我相信思想與認識的客觀性都不是精華的本身，可是由於自我的陷落，人類的道德規範成為人的習慣，而解脫不了人生的痛苦，所以總是以習慣作為常規，以道德作為處罰。詩人總是孤獨的，他否定了客觀的觀念和習慣的束縛。行囊上的沙子是環境與宇宙在時空上的永恆，也是自我存在的永恆。結合著靈性，才會發現所有宇宙和時間的關連性。

由此吾人可知，中國近代藝術及科學的缺陷主要是思想的問題。張大千的成功是受了道家的思想，乃率性與自然的結合。趙無極的作品也在虛無與古樸原始上求質的發揮。這些畫家承前繼後，畫家的成功結合著多面的情操。一方面接受了這個世界，另一方面也否定了這個世界，生活在從它至我之間的自由感，有如迎面的一陣風，吹在臉上的感受，或一粒風沙吹進了眼睛的感受，那種感受能不是畫嗎？不，那是心靈交媾在某一點的變化上，隨著你，由著你，也由不得你，因為眼睛與你心神的痛苦，才是真畫，亦為非畫。儘管你是有運氣的，你的努力是特殊而持久的，作品只能用你的相關性來表達，因為

「如何」與「為何」是動的變化，只是一個開始與結果的解說，在瘋狂的社會之中，排出體系之外，死亡也是願望的目的，在這虛幻的世界，生命僅是沙漠的綠洲。

宇宙與沙漠起落的變化就是詩，因為世界是自我的世界，你可以是你自己，也可以為你自己寫作或畫畫，你會自覺到，自然的神意將你結合在知人知天、盡己率性的自由感之中，修性成道，懷抱自我，盡滌野性，超脫自然，自「德」其得。然而，瘋狂暴戾的人性的排出，在生活的技巧裏，總是反其「德」而行，成為自我上升的阻礙。吾人害怕什麼呢？若是精華的本身不必求教，因為實際上死是生的本質，死是生的目標，那瞬間產生的決定是生命整體的流動性，不得不為它而籌備此事的序幕。死是效果，也是生的總結，在這塊土地上的我，走向我的榮躍！

為了更深一層了解藝術與心靈，吾人可以引用余光中先生對達達（DADA）藝術的評註。余先生說：「達達本意是法文的木馬或癖好。」然而我覺得另有一種解說：達達一詞的命名與採用是在一九一六年一群反傳統者之所為，他們體驗到所有事物的造形都是一種荒謬的表達，認為必要使感情的意識自得其意。原發起人有藝術家、作家、詩人，如查拉（Traza）等人，在瑞士共同暢談文藝、詩歌、建築等藝術的科學化，反對傳統的荒謬，以達達作為

他們的命名，木馬是或不是他們的本意，難道說這是荒謬的荒謬嗎？木為質，馬有靈性，不是詩與藝術的本身。智者的詩，藝術家的畫與沙漠有關，與墳墓的遺骨有關，與生活在社會苦難中的人類有關，與愛情有關，與戲劇有關，與人類的整體有關，與靈感和道義有關，與英雄愛美人有關，與宇宙有關。如果中國字「詩」是由「言」與「寺」合成，言語的抽象，寺廟的具體，抽象加具體，是一體的兩面，形成靜化，而與宇宙相結合。若就別異而觀之，則易變而成其質，一日一進入了我的自我戰勝敵人的我，既為破壞的我，亦為建設的我。以自我與生命合一的宇宙觀，來反對傳統的荒謬。自我的創造，是西方藝術革命重要的一環。

塞尚、高崗、梵谷的印象主義，以及塞拉、雪尼牙的新印象主義，皆可提供吾人現代藝術的心向分析：其中合著意識與原意識或無意識，成為狂妄的，取與捨，破壞與存在，存在與永恆，血與肉，色與情，破壞與膨脹，完整與分斷，抽象與具體，實現與空想，提升與歸零，終點與迴轉。無論梵谷的畫，尼采的哲學或阿斗的戲劇，都是從黑獄的圍牆中試圖扭轉乾坤。

「哲思洪流的印蒂，如果思想它自己也是人，有眼有耳有嘴有四肢，就會看見思想肉體的各式各樣形態、姿態以及它每一個細胞的震動。」又說：「一個人，上昇到智慧最高峰，除了思想的

肉體，再沒有別的肉體。」這種思維是藝術的、幻想的「宇宙起源論」與「人生的戲劇化」，這種幻想是建築在人性中自然的、他向的，從秩序的不斷離開。因為肉體的活動，從正規的文化到特殊感，皆淵源於迷信和欲望裏。

肉體的本身是數不盡的洞，只是以幕遮蓋著的洞罷了。藝術的幻想是歷史的魔術，人依照著權力來創造，這是重要的因素，關係到人與人的特殊性。藝術就是幻想。如果使其周圍的空間宇宙化，那麼詩與音樂的發展，在無限的無秩序中便可見到真實，所有的幻想皆是混合的建築，宛如死亡裏陰森安靜的聖殿，使無意識歸化到戲劇的根莖發生效用，得到頑石不言的精華，將精神境界與物質境界混合成一體，在人類精神與現實領域反映出快感。以「德」成「正」，以「反」成「德」，才會充滿藝術的性格。這是一種「德」位，如同無名氏雖是無名氏，他以無名為「無名氏」，並不是自由的。如果加上了異變成一個整體，這才是真的他，自由的他。正如西蒙、波娃（Simone de Beauvoir）在第二性中所說：「兩個同一時間的性愛是被愛情所引導著，而打開了人性創造的閘」。這種創造從無窮盡到有窮盡，形成質的結果，這個結果是永恆的，存在無窮盡裏。藝術的境界，既無偏見，亦無好壞，如果以道德與傳統為惟一的真理，來認識本體，就是錯誤的，因為他落入「為什麼？」的探究，並不是事物的「精華」。如一朵

玫瑰花，它的美是有哲理的。它本質的美，正是美的事實。

三、孫子與克勞賽維之的戰爭與俠道

人生哲學是個戰爭的哲學，人與痛苦爭鬥，與禽獸爭鬥，人與人爭鬥，國與國爭鬥，與敵人爭鬥，自己與自己爭鬥。然而戰爭是整體的，也是哲學的。戰爭的哲學理論表現戰爭的共同點和戰爭的結晶。實際戰爭的自然性之間夾陳著各種概念。戰爭的絕對性存在於自我與宇宙的本體裏面。與正如克勞賽維之（Clausewitz）的戰爭哲學所說：「投入戰爭要以全力、潛在力（potentiality）達到極度的和意圖的發展，這種發展與暴力效用，結合成精純的哲學意念。」這意念的純感性是從暴力發展，殲滅性的最大力量，但不能以為它就是簡單的、存在效用力，本身是否定的辯證法（Dialectique Negative），它所追求的對象和本質是自身的矛盾與自然的交媾。它本身亦會產生混亂與失去控制的漂移導向，變成了混亂傾向的發展。

由於時空與人力的發展，原來自我存在的意識和動力，再也不能直接的存置在自我的本身之中，它的存在成了變易，而間接的被中間性所代替，使能力成為敵對，結果兩者均陷落在黑牢裏。藝術家達利（Salvador Dali）之所以在妄想狂裏得到超脫，因為社會中存在著血的衝擊，構成巨大的心理狂態，加上固定力或抗拒力，聚集成整體的戰爭，別無選擇，只有決一死戰，達到最大的暴力行為，它的目的就是擊破對手，達到自我的願望。孫子兵法十三篇中，「九變」之求的機變，操靈活多變的運用原則，也是講求九者數之極的說法，與克勞賽維之投入「力之極」相似。孫子在始計篇提出道、天、地、將、法五事，其所構成的哲理成了戰爭的序幕，亦合於莊子的「靜與陰同德，動與陽同波」的人生觀。

就「俠道」論，我發現中國「俠」這個字，左邊「人」是抽象的概念，是人的一般性，人是最高靈性智慧的動物。右邊「大」字，扶弱鋤強之為大，有具象的宇宙觀。大字挾上兩個「人」，構成社會。合而言之就是在社會中肯定自我權力。吳宏一先生說：「凡是俠客必講道義，若是英雄無不多情」。墨家的「必務求興天下之利除天下之害」的忘我俠義典型，以兼愛成為俠義的張本，有人說墨子是中國第一位大俠。儒家也有不少人物頗有俠氣：子路的「暴虎馮河，死而無悔」的豪氣。至於道家「虛寂無為」的思想與遊俠勇猛精進的態度大相逕庭，道家提倡虛無主義，從事形而上的冥想，追求淨化的目的，然而遊俠滿腔熱血，只能在人間追求正義與報復而已。

一般言之，希臘的修昔底德（Thoyidide）類似儒家，追問「為什麼？」或「為何？」但這種世界概念得不到事物本身的精純。近百年來，「俠」成為革命思想的潮流，譚嗣同的「仁」學中說：「二千年來的秦政也，皆大盜也。」大盜利用鄉愿，鄉愿工媚大盜。法國在一九六八年的風潮乃沙特、杜來之、富高等哲學家所提倡自由的併發症。明代文壇怪傑金聖嘆早已推崇水滸傳俠的藝術。已故的李小龍及他的俠義影片在今天成為世界性的。西歐的藝術、電影與戲劇，從超現實派到現實派，多面性的表現自我破壞與反抗。克羅齊所言：「任何的作品，只要是成功的，就是藝術，否則就是糟粕。」作品不需要同情，因為同情與可憐僅只是情感的病態發展。

羅家倫先生說：「俠是一種忘我的高貴情操，也是一種生命自我的自然流露。」俠士針對殘忍刻毒的社會潮流以現實主義與虛無主義來自我反觀。俠的提升必須與道家的思想結合。因為英雄主義皆是從自我主義出發，並未能達到大眾的戲劇化。人生是戲劇，只是在戲裏到處皆需觀眾。然而觀眾與演員是同體的。

卡夫卡（Kafka）的作品「原告」在黑暗驚恐中將不同的思想，結合著荒謬的事實，以反意識觀察的結果，成就了超凡的自我，他說：「我畫的形象只是一個形象，然而這什麼也不是的形象才是真的形象。」他截斷眾流，切除了他人生的痛苦。因為藝術的境界，必須視其所含蓄的思想和感情來決定。可以說偉大的藝術都具有偉大的情思。偉大的藝術常承受來社會的狂妄與斥力，常是被社會所壓迫，是痛苦者，同時也是被壓迫者。

卡夫卡在一九一五年的日記中說：「自從我讀了斯特林堡（Strindberg）的書，使我覺得好了些，我縮成一團，擁向他的懷抱，他對待我像嬰兒，幾乎有十次絆倒的危險，但第十一次的嘗試，使我成了身強力壯的我，我靜下了自己，我保證了自我。那壯偉的人生感受，使感受到所有人類本身就是外來的敵人或異鄉人。」唯有發自生命，邁向於「德的體認」，才能突破一切的自我，而得到自我創造的永恆。■

高懷德年譜

1929　五月六日出身於陝西省長安縣高家灣。家譜為：自首勤邦省、三思大興光、夢懷春永世、萬殿金玉堂。先父：夢緒，經商。先母：馬氏，家務

1936　求學於當地君士小學

1944　響應蔣介石委員長號召知識青年從軍抗日：「一寸山河一寸血，十萬青年十萬軍」

1946　日本投降後進入長春中學，後轉入嘉興中學

1948　隨國軍赴臺灣

1949-1959　任職軍職

1960　參加教育部高中考試合格

1961　考入淡江文理學院夜間部就讀

1962　完婚

1963　長女一真出生

1968　淡江文理學院畢業。小女兒一秦出生，並奉命終身退除軍職（少校）

1969　赴法國留學

1973　獲法國碩士學位，並研究抽象藝術

1979　獲法國巴黎第八大學哲學博士學位

2000　Prix de poésie 1ère édition du Concours de poésie d' Aubervilliers （詩獲獎）

2001　Exposition au Centre Culturel de Taiwan en France 75013 Paris （聯合展）

2002　Exposition au Press Club de France Champs-Elysées 75008 Paris （個人展）

2006　Exposition de peintures et calligraphies aux Laboratoires d' Aubervilliers, France （個人展）

2008/2010　Expositions à l'Espace Jean Renoudie à Aubervilliers, France （聯合展）

2011/10-11　在臺灣舉辦個人畫展「讓臺灣夢想起飛」

美學藝術類　PH0074

穿越時空的詩畫世界

作　　者／高懷德
責任編輯／陳佳怡
圖文排版／陳佩蓉
封面設計／陳佩蓉

發 行 人／宋政坤
法律顧問／毛國樑　律師
印製出版／秀威資訊科技股份有限公司
　　　　　114台北市內湖區瑞光路76巷65號1樓
　　　　　電話：+886-2-2796-3638　傳真：+886-2-2796-1377
　　　　　http://www.showwe.com.tw
劃撥帳號／19563868　戶名：秀威資訊科技股份有限公司
　　　　　讀者服務信箱：service@showwe.com.tw
展售門市／國家書店（松江門市）
　　　　　104台北市中山區松江路209號1樓
　　　　　電話：+886-2-2518-0207　傳真：+886-2-2518-0778
網路訂購／秀威網路書店：http://www.bodbooks.com.tw
　　　　　國家網路書店：http://www.govbooks.com.tw
圖書經銷／紅螞蟻圖書有限公司
　　　　　114台北市內湖區舊宗路二段121巷28、32號4樓
　　　　　電話：+886-2-2795-3656　傳真：+886-2-2795-4100

2012年02月BOD一版
定價：500元
版權所有　翻印必究
本書如有缺頁、破損或裝訂錯誤，請寄回更換

Copyright©2012 by Showwe Information Co., Ltd.
Printed in Taiwan
All Rights Reserved

國家圖書館出版品預行編目

穿越時光的詩畫世界 / 高懷德著/繪. -- 一版. --
臺北市：秀威資訊科技, 2012.02
　　面；　公分. -- (美學藝術類)
BOD版
部分內容為法文
ISBN 978-986-221-894-5(平裝)

851.486　　　　　　　　　　100025943

讀者回函卡

感謝您購買本書,為提升服務品質,請填妥以下資料,將讀者回函卡直接寄回或傳真本公司,收到您的寶貴意見後,我們會收藏記錄及檢討,謝謝!如您需要了解本公司最新出版書目、購書優惠或企劃活動,歡迎您上網查詢或下載相關資料:http:// www.showwe.com.tw

您購買的書名:＿＿＿＿＿＿＿＿＿＿＿＿＿＿＿＿＿＿＿＿＿＿＿＿＿

出生日期:＿＿＿＿年＿＿＿＿月＿＿＿＿日

學歷:□高中 (含) 以下　　□大專　　□研究所 (含) 以上

職業:□製造業　□金融業　□資訊業　□軍警　□傳播業　□自由業

　　　□服務業　□公務員　□教職　　□學生　□家管　□其它＿＿＿＿

購書地點:□網路書店　□實體書店　□書展　□郵購　□贈閱　□其他

您從何得知本書的消息?

　　□網路書店　□實體書店　□網路搜尋　□電子報　□書訊　□雜誌

　　□傳播媒體　□親友推薦　□網站推薦　□部落格　□其他＿＿＿＿＿＿

您對本書的評價:(請填代號　1.非常滿意　2.滿意　3.尚可　4.再改進)

　　封面設計＿＿　版面編排＿＿　內容＿＿　文/譯筆＿＿　價格＿＿

讀完書後您覺得:

　　□很有收穫　□有收穫　□收穫不多　□沒收穫

對我們的建議:＿＿＿＿＿＿＿＿＿＿＿＿＿＿＿＿＿＿＿＿＿＿＿＿＿

＿＿＿＿＿＿＿＿＿＿＿＿＿＿＿＿＿＿＿＿＿＿＿＿＿＿＿＿＿＿＿＿＿

＿＿＿＿＿＿＿＿＿＿＿＿＿＿＿＿＿＿＿＿＿＿＿＿＿＿＿＿＿＿＿＿＿

＿＿＿＿＿＿＿＿＿＿＿＿＿＿＿＿＿＿＿＿＿＿＿＿＿＿＿＿＿＿＿＿＿

請貼
郵票

11466
台北市內湖區瑞光路 76 巷 65 號 1 樓

秀威資訊科技股份有限公司　　　收
BOD 數位出版事業部

··

（請沿線對折寄回，謝謝！）

姓　　名：＿＿＿＿＿＿＿＿＿　年齡：＿＿＿＿　性別：□女　□男

郵遞區號：□□□□□

地　　址：＿＿＿＿＿＿＿＿＿＿＿＿＿＿＿＿＿＿＿＿＿＿＿

聯絡電話：(日)＿＿＿＿＿＿＿＿＿＿　(夜)＿＿＿＿＿＿＿＿＿＿

E-mail：＿＿＿＿＿＿＿＿＿＿＿＿＿＿＿＿＿＿＿＿＿